Emma Thomson

Valeria Varita

Bromas de hadas

y otras aventuras

Consigue tu deseo con Valeria

DESEO

Con este libro os regalamos un deseo
a ti y a tu mejor amiga.
Sostened el libro entre las dos
y cerrad los ojos.
Arrugad la nariz y pensad un número
del uno al diez. Luego, con los ojos
abiertos, cada una debe susurrar
el número que ha pensado
al oído de la otra.

Números Mágicos

Tú

Tu amiga

Poned un dedo
en cada estrella y decid
el número en voz alta. Ahora guardad
el deseo en vuestro corazón y seguro que
algún día se hará realidad.

Cariñitos Valeria

A Daisy Lucia Lord, con radiantes deseos,
Tía Emma

FELICITY WISHES
FELICITY WISHES: FAIRY FUN
Escrito e ilustrado por Emma Thomson
Traducción y adaptación de Estrella Borrego

Publicado en lengua española por:
Beascoa, Random House Mondadori, S.A., 2010
Travessera de Gràcia, 47-49. 08021 Barcelona
Primera edición: mayo 2010

Felicity Wishes © 2000 Emma Thomson.
Licensed by White Lion Publishing.
Felicity Wishes: Fairy Fun © 2006 Emma Thomson.
Publicado por primera vez en el Reino Unido por Hodder Children's Books, 2006.

Impreso en España por
LIBERDÚPLEX
ISBN: 978-84-488-3055-7
Depósito legal: B-18076-2010

ÍNDICE

Dulce sensación

Bromas de hadas

La magia del circo

Dulce sensación

Valeria Varita y sus amigas, Luci, Rita, Marga y Diana, estaban deprimidas. Parecía que todo les salía al revés. Todas habían sufrido algún tipo de percance en los últimos días. Pero era Rita la que peor lo estaba pasando.

—¡Estoy harta! —estalló Rita esa mañana, cuando se encontró con sus amigas durante el recreo.

—¿Todavía estás enfadada por haber perdido tus ejercicios de matemáticas de camino a clase? —preguntó Valeria.

Rita negó enérgicamente.

—No seguirás preocupada porque se te haya manchado tu varita, ¿verdad? —dijo Luci—. Hay países en el Mundo de las Hadas donde se considera señal de buena suerte que un pájaro te haga ESO encima.

Rita miró su varita e hizo una mueca de asco.

—¡Qué va! —dijo—. Eso me da igual. Pero anoche, de camino a mi clase de pesas, se me pinchó la bici. Y para cuando terminé de arreglar el pinchazo la clase había acabado.

—¡Lo siento! —dijo Valeria mientras abrazaba a su amiga. Sabía lo importante que era la clase de pesas para Rita. Si quería ser un Hada de los Dientes algún día, debía aprender a levantar almohadas muy pesadas.

A Rita se le llenaron los ojos de lágrimas. Tanta mala suerte la estaba afectando.

—Vosotras sabéis —dijo llorosa— que yo siempre intento hacerlo todo lo mejor que sé. Soy aplicada, siempre acabo mis deberes y tengo mi casa limpia y ordenada. ¿Por qué ahora me sale todo mal?

Valeria, Diana, Luci y Marga se miraron sin saber qué decirle a su amiga.

—Está bien —dijo Rita —. Si voy a tener mala suerte igualmente, sea o no un hada responsable, no tiene ningún sentido tratar de hacerlo todo bien siempre.

Valeria, Luci, Marga y Diana miraron a su amiga horrorizadas.

—¿Qué estás diciendo? —preguntó Valeria, temiéndose lo peor.

—Digo… que se acabó el ser tan sensata. Ha llegado la hora de divertirse.

* * *

Las cinco hadas no perdieron un minuto y se pusieron a ordenar sus prioridades. Esa tarde en lugar de ponerse en primera fila en clase de química, como hacían siempre, se sentaron atrás. No prestaron atención a lo que dijo la profesora y, en cambio, se pusieron a hacer planes divertidos.

—Podríamos alquilar una bici alada súper veloz —sugirió Valeria—.

Y volar a algún lugar en el que no hayamos estado antes.

—O podríamos reservar un fin de semana en un balneario de hadas —dijo Marga.

—Ya lo tengo. ¡Vamos este fin de semana a la Fábrica de Dulces! —propuso Rita.

Valeria no podía creer lo que estaba oyendo. Rita quería ser un Hada de los Dientes... ¡Jamás comía caramelos!

Tampoco la profesora Chiribitas podía dar crédito a sus oídos.

—¡HADAS! —gritó—. No es hora de ponerse a charlar. Estoy sorprendida. ¿Qué os pasa hoy? Por favor, mezclad con cuidado los dos ingredientes y venid aquí que os evalúe el trabajo.

—No podemos ir este fin de semana a la Fábrica de Dulces —susurró Valeria a sus amigas—. Tenemos programada una acampada con la escuela a la Región de los Lagos.

—Por una vez no se darán cuenta de que no estamos —dijo Rita, que se sentía más traviesa que nunca.

Las hadas no conocían este lado rebelde de Rita y se quedaron mudas.

—Dulces o un viajecito —dijo Rita, agitando su varita en el aire—. ¿Qué os parece más divertido?

La respuesta era obvia.

✳ ✳ ✳

Era la primera vez que Valeria sentía el gusanillo de la travesura. Todas habían escrito notas al Hada Madrina explicando que estaban enfermas y no podían ir al viaje de la escuela.

—¿Estáis listas? —dijo Rita, con las alas temblando de emoción, cuando se encontró con sus amigas el sábado por la mañana—. ¿Dónde está Marga?

Marga solía estar siempre en las nubes. Algún día le gustaría ser un Hada Primavera y soñaba despierta que era una famosa jardinera.

—Es probable que se le haya olvidado que íbamos a ir a la Fábrica de Dulces y no al viaje de Geografía —insinuó Valeria.

—No podemos avisarla. El Hada Madrina descubriría que nuestra excusa de estar enfermas no es cierta —replicó Rita pensativa—. Así que tendremos que irnos sin ella.

A Valeria no le hacía ninguna gracia marcharse sin Marga, pero tampoco quería perderse esa emocionante visita. Después de dudarlo un momento, alzó el vuelo junto a sus amigas. Valeria era muy golosa, y una aventura así era como un sueño hecho realidad.

* * *

Pero Marga no se había olvidado de la visita a la Fábrica de Dulces.

Ella era una soñadora y eso también significa que pensaba mucho las cosas. Y se dio cuenta de que se pasaría el día con la preocupación de ser descubierta. No estaba convencida de que perderse el viaje fuera tan divertido como había prometido Rita.

* * *

La Fábrica de Dulces era incluso más alucinante de lo que Valeria había imaginado. El castillo cubierto de azúcar glasé, encaramado en lo alto de la colina, podía verse a kilómetros de distancia. Cuando el sol asomó tras el castillo, su interior irradió un abanico de reflejos, un arco iris de caramelo.

Cuando las hadas vieron la gran cancela dorada se olvidaron por completo del viaje de Geografía y volaron sin perder un minuto al interior. El arco iris mágico de fuera no era nada comparado con lo que encontraron en el interior. Se quedaron boquiabiertas. El castillo estaba dividido en cientos de salas de cristal comunicadas entre sí por docenas de pequeños pasillos. Cada uno de ellos decorado en un tono del arco iris.

Valeria, Luci, Rita y Diana, de pie en la enorme recepción de la entrada, intentaron descubrir sin éxito de dónde procedía la luz lila. Y para su sorpresa no había ni un solo dulce a la vista.

—Cuatro entradas para la visita completa —dijo Rita al hada vestida de lila que había tras el mostrador.

—¿Habéis venido en un día de fiesta de la escuela? —preguntó el hada al ver las alas sencillas de Rita. Las hadas adultas, las que habían acabado sus estudios, solían llevar un par de alas dobles.

Valeria se removió nerviosa. Si el hada de la entrada descubría que se habían saltado un viaje de la Escuela de los Nueve Deseos, informaría inmediatamente al Hada Madrina.

—Sí, eso es. Estamos haciendo un proyecto sobre la magia de los dulces —respondió Rita con voz segura.

Valeria carraspeó nerviosa. El hada de la recepción la miró y frunció el ceño. Rápidamente Valeria se puso la mano en la boca como si en realidad estuviera sofocando un bostezo.

—¿De qué proyecto se trata? —insistió el hada con desconfianza. Estaba claro que no las había creído.

—¡Sobre colores! —acertó a decir Rita, y rápidamente cambió de tema—. ¿De dónde procede este precioso color lila?

La treta para distraer la atención de la recepcionista funcionó, pero no exactamente como ella había esperado. Media hora más tarde las hadas seguían en la recepción y sin haber conseguido sus entradas.

—Veréis —dijo el hada del mostrador, relajando por fin el gesto—. El lila ha sido siempre mi color preferido, y cuando vi un anuncio sobre este trabajo en *La Gaceta del Revuelo* supe que era para mí. Aunque parezca sorprendente, no es cierto que el color se origine a partir de la magia de los dulces. Este lila no es real, por supuesto. Es un excedente de la cabina de los caramelos de mora que visitaréis en primer lugar.

—Hablando de eso... —interrumpió Rita, cuando por fin pudo hablar.

—Ah, sí —dijo el hada y se dirigió a la impresora para recoger cuatro entradas doradas—. Si queréis, podéis

pasar a la primera sala,
enseguida vendrá un hada
que os acompañará en
vuestra visita.

El hada de la entrada tenía razón. El
intenso y hermoso color lila que les
había sorprendido en el vestíbulo
provenía del morado liláceo de la
cabina de los caramelos de mora. Sin
embargo, lo que más les sorprendió
fue el fragante aroma de las propias
moras que les invadió al entrar.

—¡Uau! —dijo Valeria, dando
vueltas a su alrededor con una
enorme sonrisa en su cara—. ¡Esto es
increíble! Me siento como si estuviera
dentro de una mora.

En ese momento, un panel plateado

de la sala se deslizó suavemente y apareció un hada sonriente que les dio la bienvenida con voz cantarina.

—¡Me alegro de que hayáis podido venir! Es un placer teneros aquí —canturreó—. Me llamo Bella y seré vuestra guía.

Valeria, Luci, Rita y Diana parecían mudas. Estaban tan boquiabiertas que no podían pronunciar palabra. Bella lucía espléndida, aunque vestía de una forma rarísima.

Llevaba un tocado en la cabeza que no parecía hecho con pelo de verdad. Era de un color rosa intenso, como una gran montaña de algodón de azúcar. Su vestido resplandecía con tal intensidad que las hadas tenían que mirarla con los ojos entornados

—Está hecho con envoltorios de caramelos, estilo vintage —aclaró Bella, al notar las caras de admiración. Giró sobre sí misma y el vestido se encendió

como una bengala. Las hadas casi se
caen de espaldas de la impresión.

—Y mis zapatos están hechos de
regaliz de fresa —dijo, poniéndose
de puntillas para que se vieran mejor.

—¡Aaah! —exclamaron atónitas.

* * *

La visita fue agotadora. Recorrieron ciento dos salas y cada una estaba dedicada a un dulce diferente. Si bien al entrar todas las salas parecían la misma, cuando Bella accionaba un botón secreto, los paneles plateados de las paredes se abrían en silencio para revelar otra sala donde había un complejo dispositivo de tubos,

máquinas burbujeantes y ruidosas mezcladoras, además de una cinta transportadora de deliciosa apariencia cubierta toda ella de caramelo. Las hadas encargadas de la producción de dulces iban de un lado a otro en bata blanca y con el pelo recogido dentro de un gorro con corona. Fue genial ver todo el proceso,

desde la transformación
de los ingredientes
hasta el producto
final, con su
brillante
envoltorio.

Y lo mejor de
todo era que,
cada vez que
salían de una
sala, podían
llevarse un
par de muestras.
Un caramelo se lo comían y el otro lo
guardaban. Parecía que su mala suerte
se había esfumado definitivamente.

* * *

Pero al final de la visita, ninguna de
ellas quería volver a ver un caramelo.
Rita, debido a su nuevo afán por la
diversión, había convencido a Valeria,
Luci y Diana para que se comieran las
ciento dos muestras de caramelos que

les dieron a probar, y también las que se suponía que debían guardar.

Doscientas cuatro golosinas más tarde, las hadas empezaron a sentirse peor aun de lo que habían explicado al Hada Madrina en sus notas de excusa para no ir al viaje.

* * *

El lunes por la mañana, Marga las esperaba impaciente en la entrada de la escuela. Valeria siempre llegaba tarde, pero eran más de las nueve y no había llegado ninguna de sus amigas.

En el recreo había intentado llamar por teléfono a todas ellas, pero ninguna respondía. Temía que les hubiera pasado algo de camino a la Fábrica de Dulces. Ella era la única que sabía realmente dónde habían estado.

Marga estaba en un dilema pero, por fin, a la hora del almuerzo, decidió ir al despacho del Hada Madrina.

—Hada Madrina —comenzó a decir

con cierto recelo—, estoy preocupada por Valeria, Rita, Diana y Luci.

—Ya lo imagino —dijo el Hada Madrina, que amablemente le puso el brazo sobre los hombros y la invitó a entrar en su despacho—. Pero tus amigas se pondrán bien pronto. Es importante que descansen. Les llevaría más tiempo recuperarse si vinieran a clase y, además, no queremos que toda la Escuela de los Nueve Deseos acabe enferma.

Marga se sentía incómoda y no paraba de removerse en el asiento.

—No estoy segura de que estén enfermas —dijo con valentía—. Tengo el horrible presentimiento de que les ha pasado algo.

—¿Qué te hace pensar eso? —dijo el Hada Madrina preocupada—. Ninguna de tus amigas saldría de casa si estuviera enferma. Seguro que están guardando cama.

Marga se sentía angustiada. No sabía qué decir. No quería revelar el secreto de sus amigas, pero tenía que asegurarse de que estaban bien.

—Tuve una pesadilla —dijo Marga, diciendo una pequeña mentira—. Soñé anoche que les ocurría algo terrible.

El Hada Madrina se enderezó. En el Mundo de las Hadas los sueños son importantes, se toman muy en serio—. En ese caso no perdamos un minuto.

* * *

Cuando Marga y el Hada Madrina llegaron a casa de Valeria, vieron que la puerta estaba entornada. Entraron de puntillas y vieron a las cuatro hadas dormidas en la cama de Valeria. En la mesita de noche había un enorme bote de jarabe vacío.

El Hada Madrina estaba a punto de llamar al médico cuando, de pronto, vio que bajo la cama había cientos de envoltorios de caramelos.

Valeria se frotó los ojos y se puso de pie. No tenía buen aspecto.

—Sentimos haberte despertado —susurró el Hada Madrina, para no molestar a las demás—. Hemos entrado porque Marga había soñado que os había pasado algo terrible.

Valeria no sabía qué decir. No quería que sus amigas tuvieran más problemas, pero tampoco podía decir una mentira, y mucho menos al Hada Madrina.

—Y así es, nos ha pasado algo terrible —dijo Valeria muy despacio.

Marga puso cara de susto. ¿Iría Valeria a confesar la verdad al Hada Madrina?

—La verdad es —siguió diciendo Valeria— que la mala suerte nos persigue. Nada en el Mundo de las Hadas puede evitarlo.

El Hada Madrina asintió.

—Lo único que podemos hacer es mantenernos fieles a nosotras mismas —añadió Valeria—. Si actuamos de mala manera frente a la mala suerte, su magia se hará irremediablemente más poderosa y entonces las cosas empeorarán.

El Hada Madrina asintió sonriente.

—Parece que habéis aprendido una importante lección. Marga, creo que ahora debemos dejar a tus amigas descansar y que se concentren en recuperarse.

Y así fue como Valeria se arrebujó de nuevo bajo su manta, prometiéndose a sí misma nunca más volver a comer golosinas.

Al menos, hasta que no se encontrara mucho mejor.

La diversión llega naturalmente.

No se planea,
pasa porque sí.

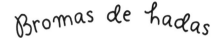

Bromas de hadas

La llegada de la primavera, en Ciudad Florida, suele ir marcada por un día especial. Es el día en que cada hada de la Escuela de los Nueve Deseos vuela con temor hasta el atardecer: ¡El Día de las Hadas Inocentes!

* * *

—¡Cielos! —exclamó Valeria con las alas temblorosas, cuando se encontró con Luci en la esquina—. No sé si quiero ir hoy a la escuela.

—¡Después de lo que te pasó el año pasado no me extraña! —se rió Luci, recordando el ridículo que pasó Valeria cuando le pusieron plumas pegajosas en su silla.

—Por cierto —dijo Valeria, mirando fijamente la cara de Luci—, tienes una mancha de tinta en la nariz.

Luci se frotó con fuerza la nariz.

—¿Se ha ido? —preguntó.

—¡Qué va, ahí sigue! —dijo Valeria.

Luci se mojó un dedo y volvió a frotar.

—¿Y ahora? —preguntó.

Valeria la miró con cara seria y dijo:

—Luci, creo que no se quitará nunca —Valeria tuvo que hacer un gran esfuerzo para no reír.

Luci se puso pálida. Le encantaba lucir perfecta en todo momento.

—¡Qué desastre! ¿Qué voy a hacer ahora? La apariencia es primordial para ser un Hada de la Navidad.

Entonces se dio cuenta de que Valeria se reía detrás de ella.

—¡Feliz Día de las Hadas Inocentes! —dijo Valeria, satisfecha de que su primera broma del día funcionara.

* * *

Todo parecía normal cuando las dos hadas llegaron a la entrada de la escuela y se encontraron con sus amigas. Pero entonces Rita se giró, y vieron que en la espalda llevaba pegada una nota que decía: «¡Dame un abrazo!».

Valeria, Diana, Luci y Marga casi se tronchan de risa.

—¿De qué os reís? —preguntó Rita, dándose la vuelta.

—¡De nada! —dijo Valeria, y le dio un abrazo a su amiga.

—¡De nada en absoluto! —dijeron Diana y Marga, y corrieron a abrazar a Rita a la vez.

—¡No nos reímos de nada! —dijo Luci, que no paraba de reír mientras abrazaba con fuerza su amiga.

—¡Buenos días, Rita! —dijo el Hada Madrina, abrazándola también.

—¡Oh, buenos días, Hada Madrina! —respondió Rita desconcertada. El Hada Madrina no solía mostrarse tan familiar con sus alumnas.

* * *

Toda la escuela estaba reunida en el Salón de Actos cuando el Hada Madrina subió al estrado.

—Bienvenidas, hadas —empezó diciendo—. Hoy tenemos una sorpresa para todas vosotras. Nuestra invitada de hoy tiene un talento maravilloso, y ha accedido a compartirlo con vosotras durante el recreo, en la cancha de tenis. Pero antes de que decidáis si os apuntáis o no, me gustaría presentaros a Sofía, ¡el hada que vuela sin alas!

Hubo una ovación de asombro y todas las hadas recibieron con un gran aplauso a Sofía, que voló hasta el escenario sin la ayuda de las alas.

* * *

—¡Es asombroso! —dijo Valeria a sus amigas al acabar la asamblea y dirigirse a la primera clase.

—Sí, lo es —dijo Luci—. ¡Realmente increíble. Imaginaos, ser capaces de volar sin alas. ¡Qué sensación de libertad!

—Ya lo creo —asintió Diana—. No tendríamos que llevar alas que se enganchan con todo.

—Ni sufriríamos nunca dolor de alas —observó Rita.

—Ni habría necesidad de cambiarlas por unas nuevas cuando se deterioran —dijo Marga.

—Sería fantástico —dijo Valeria, que solía perder a menudo sus alas.

Todas se pusieron de acuerdo para asistir a la clase de Sofía, el hada sin alas, durante el recreo, como casi todas las hadas de la escuela.

* * *

Valeria estaba ansiosa por llegar a su

primera clase, cocina, porque hoy iban
a preparar galletas de chocolate.
Estaba a punto de entrar
cuando le sonó el móvil.

—Aa, aquí la secretaria
del Hada Madrina
—dijo una voz ronca—.
¿Podría venir a verme
ahora mismo?

Valeria se asustó.
Era la primera vez que
la llamaba la secretaria
del Hada Madrina.
¿Se habría metido en
algún problema?

—¿Sabe qué es lo que
quiere? —se aventuró a
preguntar.

La secretaria tartamudeó.
—Necesita su consejo de
experta en deseos de triple varita.

—¿Está segura? —preguntó Valeria,
a la que no se le daba bien ni el más

simple de los deseos, y mucho menos el de triple varita.

—¿Estás dudando del criterio del Hada Madrina? —dijo la secretaria en tono áspero.

—¡Oh, no, claro que no! —dijo Valeria—. Enseguida estoy allí.

Valeria se fue directamente al despacho del Hada Madrina. No hizo más que llamar y el Hada Madrina abrió la puerta.

—¡Ho... hola! —saludó Valeria un poco nerviosa, y sin más preámbulo, cerró los ojos y con gran desespero intentó recordar las palabras mágicas del deseo triple varita, al mismo tiempo que alzaba los brazos. De pronto, el despacho quedó envuelto en la niebla.

—¡Valeria! ¿Qué crees que estás haciendo? —farfulló el Hada Madrina.

Pero cuando estaba a punto de contestar vio asomar la cabeza de

Luci, con su móvil en la mano y riendo a carcajadas.

—¡Disculpe, Hada Madrina! —dijo Valeria rápidamente, mientras trataba de disipar la niebla con su varita—. Lo siento, de verdad. Me temo que he sido víctima de una Inocentada de Hada.

* * *

Las travesuras continuaron durante el resto del día. En clase de Química, alguien se coló por debajo de la mesa y cambió la varita de la profesora por

¡un plátano! En Matemáticas, alguien adelantó el reloj y la clase acabó media hora antes. Y en Educación Física, el gimnasio se llenó de helio y se pasaron la clase flotando.

* * *

Cuando Valeria, Luci, Rita, Diana y Marga llegaron a la cancha de tenis, vieron con sorpresa que eran las únicas que habían sobrevivido intactas. Había hadas chorreando a las que les había caído un cubo de agua por encima; otras llevaban

pintado un bigote y ni siquiera se
habían dado cuenta; y a algunas
les habían cambiado sus coronas por
sombreros de todo tipo y seguían
como si tal cosa.

—Me alegro de que falte poco para que acabe el Día de las Hadas Inocentes —dijo Valeria, abrazando de nuevo a Rita sin venir a cuento—. En media hora el hada que intente hacer una inocentada sufrirá ella misma las consecuencias.

—Ya no queda mucho tiempo para dar sorpresas a nadie. Después de esta clase habrá acabado el Día de las Hadas Inocentes —dijo Rita.

En ese momento, Sofía, el hada que vuela sin alas, apareció volando por encima de los árboles batiendo palmas para llamar la atención.

—Gracias a todas por venir a mi clase especial de vuelo sin alas —dijo—. Antes de comenzar me gustaría presentaros a la fotógrafa oficial de hoy. Muchas hadas no creen que sea posible volar sin alas y quieren pruebas. Así que les ayuda mucho ver fotos de clases anteriores.

Un hada con una enorme cámara
de fotos se acercó a Sofía aleteando
sus alas, y saludó efusivamente a las
hadas congregadas en la cancha.

—Antes de empezar la clase
—siguió diciendo Sofía—, me gustaría
que eligierais a una pareja.

Cada una se giró hacia el hada que tenía más cerca.

—Genial —dijo Sofía cuando vio que todas tenían pareja—. Ahora me gustaría que os pusierais espalda contra espalda mientras yo me acerco con este hilo especial de plata. Uno de los pasos más importantes para aprender a volar sin alas es descubrir todo lo que puedes hacer sin ellas. Mi propósito es ataros para que no podáis controlar vuestras alas aun llevándolas puestas.

Era un concepto extraño para Valeria y sus amigas, pero podían encontrarle cierta lógica. Después de que Sofía construyera una compleja red plateada alrededor de las hadas, les pidió a estas que cerraran los ojos.

—A continuación, me gustaría que todas empezarais a tararear la música de «Cumpleaños Feliz» lo más alto que podáis —dijo Sofía al grupo de hadas.

—Sé que a algunas de vosotras os parecerá extraño, pero es importante que vuestra mente esté despejada de cualquier pensamiento. No penséis en nada, salvo en tararear las notas. Cuando creáis que habéis alcanzado ese punto, me gustaría que os pusierais a cacarear como gallinas.

Valeria, Rita, Marga y Diana hacían un gran esfuerzo para contenerse la risa. Luci abrió los ojos desconfiada.

—Mantened los ojos cerrados —advirtió Sofía—. Sé que parece una locura, pero las gallinas no pueden volar, aunque quisieran hacerlo. Si sois capaces de conectar con la gallina de vuestro interior, os sentiréis bien en vuestro primer vuelo sin alas. Yo lo hice, ¡sé que vosotras también podéis hacerlo!

Y así, sin más explicación por parte de Sofía, cerca de un centenar de alumnas de la Escuela de los Nueve

Deseos, de pie y de espalda a su pareja,
atadas con hilo plateado, se pusieron a
tararear «Cumpleaños feliz» y luego a
practicar su mejor cacareo de gallina.
Todas en un intento de aprender a
volar sin necesidad de alas.

✳ ✳ ✳

Valeria, Luci, Rita, Marga y Diana
habían estado cacareando durante
cinco minutos bastante convencidas,
con los ojos cerrados. Ninguna de ellas
ni de las otras cien hadas se atrevió a
abrir los ojos o a dejar de pensar como
una gallina hasta que oyeron la
siguiente instrucción de Sofía.

Las hadas saben lo importante que es seguir una receta al pie de la letra para que esta funcione. Pero después de diez minutos, Luci era incapaz de seguir.

—De veras, COCORICÓ, creo que no pasa nada, COCORICÓ, si abro los ojos —dijo a Valeria.

—No estoy, COCORICÓ, COCORICÓ, segura —respondió Valeria.

—¡Por todas las varitas! —dijo Luci—. Me da igual no saber volar sin alas. Esto es insoportable. Voy a abrir los ojos ahoraaa… —y la voz de Luci se apagó de repente.

—No os lo vais a creer —dijo, y gritó tan alto como pudo—: ¡ABRID LOS OJOS, MIRAD!

El grito de Luci surtió efecto y una a una, todas las hadas abrieron los ojos, y fueron recibidas con un asombroso espectáculo.

En el cielo, donde había aparecido Sofía, el hada que vuela sin alas, había una enorme pancarta que decía: «¡Feliz Día de las Hadas Inocentes!». Y al lado estaba la fotógrafa con su cámara, haciendo fotos de todas ellas. Y cuando por fin se giró pudieron ver en su camiseta el logo del periódico local, *La Gaceta del Revuelo.*

¡Feliz Día de Inocentadas!

¡No había escapatoria! Más de cien hadas habían sido atrapadas con un solo hilo de plata. Al día siguiente, todas las hadas de Ciudad Florida querían ver con sus propios ojos qué inocentes había sido.

* * *

La edición del día siguiente de *La Gaceta del Revuelo* vendió más copias en un solo día que en toda la semana anterior. El titular de portada decía: «La gran inocentada del Hada Madrina».

—Aquí dice que Sofía era una trampa —leyó Marga ruborizada.

—¡Por supuesto! —exclamó Luci.

—Usó un arnés y cables para volar sobre el escenario durante el montaje, y cuando estábamos fuera, en las pistas de tenis, se sostenía por unos cables atados a los árboles.

—Estábamos todas tan impacientes por aprender a volar sin alas que nadie se preocupó de buscar alguna pista para desacreditarla —dijo Valeria, que en el fondo se sentía muy decepcionada.

—El Hada Madrina fue muy lista. Para cuando nos dimos cuenta, ya se había puesto el sol y era demasiado tarde para descubrirla —dijo Rita.

—Bueno, ¡siempre nos queda el año que viene! —exclamó Valeria, que ya estaba tramando alguna broma.

Entre amigos,
las bromas divertidas

se convierten en recuerdos
inolvidables.

La magia del circo

Valeria no podía evitar pensar que la vida en Ciudad Florida se había vuelto un poco aburrida en las últimas semanas. Cada día parecía igual a otro, y hacía años que no les pasaba nada interesante.

Pero al día siguiente llegó a la escuela con noticias que hicieron revolotear de alegría a sus amigas. ¡El Circo de las Hadas había llegado a Ciudad Florida!

Valeria y sus amigas, Luci, Rita, Marga y Diana, nunca habían visto antes un circo. Desde el cielo miraron con asombro la caravana de grandes camiones que se había instalado en el parque.

Hadas de todos los tipos imaginables iban de un lado para otro desempaquetando enormes postes, con cuerdas y pesados paquetes de material. Poco a poco se fueron montando las tiendas, que eran tan grandes que les cabía una casa dentro.

Durante cuatro días, Valeria y sus amigas pararon en el parque de camino a la escuela, y cada día había algo nuevo.

Por fin, el viernes por la mañana, parecía que todo estaba terminado y listo para la noche del estreno.

Ninguna de las hadas de la Escuela de los Nueve Deseos ocultaba su emoción. Ese día, durante la última clase, no conseguían concentrarse.

Cuando sonó el timbre de salida, Valeria, Luci, Rita, Marga y Diana volaron veloces para ser las primeras en llegar al parque. Agarrando con cuidado sus entradas, alzaron los ojos para contemplar los potentes focos del circo iluminando el cielo del atardecer. Era algo realmente mágico.

En el centro del parque se erguía la mayor carpa que Valeria y sus amigas habían visto jamás. Sobre la lona de rayas rosas y blancas se alzaba un alto techo picudo con un enorme cartel de neón donde se leía en letras luminosas «Gran Carpa».

Alrededor de esta había montones de tiendas en colores pastel e hileras de farolillos centelleantes. Y aquí y allá vieron puestos de algodón dulce, merengues de coco, norias y otras atracciones de feria.

Valeria y sus amigas hadas no sabían adónde mirar primero, así que se dieron prisa para explorar absolutamente todo.

—¡Allí! —gritó Valeria, y se abrió paso entre una multitud de hadas para señalar a sus amigas la caseta de tiro con aro—. ¡Se puede ganar una varita inflable!

—Pero ¡mira allí! —dijo Rita, agarrando a Luci del brazo.

—¡Cielos! —exclamó Luci con asombro—. Sí que es ALTA.

—¡No es así de alta, bobita! —dijo Marga, mirando al hada que se acercaba a ellas para darles unos folletos—. ¡Lleva zancos!

Valeria aleteó hasta ella para coger uno de los folletos.

> ★ BUSCAMOS ★
>
> Hadas con talento y ganas de unirse al circo.
>
> ¡Haz que cada día sea tan emocionante como esta noche!
>
> Enviar C.V. a Señorita Escarlata

Valeria lo miró por encima y luego sin pensarlo se lo metió en el bolsillo.

—¡Date prisa! —dijo Luci, al ver la cola que empezaba a formarse frente a la entrada de la carpa principal—. Seguiremos explorando después del espectáculo. Vamos a buscar un buen asiento. Quiero estar en primera fila.

Dentro de la carpa había un gran círculo con el suelo de arena. Y a su alrededor, doce filas de bancos bajos en forma de arco.

Cuando por fin les llegó el turno a las hadas de mostrar sus entradas a la sonriente hada payaso de la puerta, la primera fila estaba casi llena. Pero las hadas amigas tuvieron suerte, ya que apretujándose un poco consiguieron sentarse en el último banco libre.

—¡Qué impaciente estoy! —suspiró Valeria, rebosante de emoción.

—¡Es tan excitante! —dijo Diana, mirando hacia el revoltijo de cuerdas y columpios que colgaban del techo.

—¡No estoy segura de si me va a gustar! —dijo Rita, que había leído muchos libros de la biblioteca sobre el circo—. Cada circo es diferente. En algunos hay acróbatas que realizan ejercicios espectaculares, y en otros actúan artistas de lugares del Mundo de las Hadas de los que no sabía siquiera que existían. En un libro vi una foto de un hada con diez pares de alas.

—Silencio —susurró Marga cuando las luces se apagaron y un foco de luz iluminó el centro de la pista—. Está a punto de empezar.

Tan pronto apareció el hada jefe de pista, el público dejó a un lado las bolsas de cacahuetes, dejó de comer algodón dulce y se puso de pie para darle la bienvenida con aplausos.

—¡Bienvenidas! —gritó la jefe de pista con voz de mando—. Bienvenidas al mayor circo del Mundo de las Hadas.

El público aclamó con entusiasmo.

—El espectáculo de esta noche no solo nos entretendrá, ¡los deleitará!

¡Hará que se os pongan los pelos de punta! ¡Rebosarán diversión! ¿Estáis preparadas para el primer acto?

—¡Sí! —gritaron a coro Valeria, Luci, Rita, Marga y Diana y todas las hadas del público.

—Bien, entonces, sin más dilación, permitid que os presente a… ¡las maravillosas GEMELAS FUSIÓN MÁGICA!

De pronto la carpa quedó a oscuras. A medida que los aplausos se iban apagando una diminuta mancha de luz rosa intenso comenzó a brillar en los más alto de la carpa.

—¿Qué es eso? —susurró Valeria al oído de Rita.

—No lo sé —dijo Rita, echándose hacia atrás en silencio—. Parece un pájaro... o quizá no...

Todas las hadas entornaron los ojos en la oscuridad. Gradualmente, muy poco a poco, la luz se fue aproximando.

—Es un remolino... —dijo Luci con expectación.

—Un trompo... no es un pájaro, es una llama.

—No, es... ¡es un hada! —dijo Valeria, que de pronto percibió el reflejo de una de sus alas.

—¡Cómo puede moverse tan deprisa! —exclamó Rita. Estaba asombrada: la luz que parecía un remolino, girando sobre sus cabezas, la generaba un hada que giraba a una velocidad vertiginosa.

—¡Oh, cielos! —gritó Luci, tapándose la boca con la mano—. Son dos. ¡Son dos hadas girando a la vez a la velocidad de la luz!

Cuando las Maravillosas Gemelas Fusión Mágica llegaron a la altura de los ojos, las hadas, atónitas, casi no se atrevían a respirar. Las gemelas aleteaban en el vacío, de una forma que ninguna de las hadas amigas había visto jamás. No eran capaces de imaginar cómo se hacía algo así. Era como si estuvieran representando una danza a una velocidad tan increíble que de sus movimientos solo se percibía el halo de luz que irradiaban.

Luego, sin previo aviso, se detuvieron. El público atento volvió a quedar en la más completa oscuridad. Poco a poco

las luces iluminaron el centro de la pista, donde aparecieron dos hadas gemelas con los brazos estirados. La carpa tembló bajo el clamor del público. Fue lo más alucinante que cualquiera de las hadas hubiera visto jamás.

Las Maravillosas Gemelas Fusión Mágica no fueron sino las primeras de un espectáculo con actuaciones que desafiaban los límites de lo que un hada normal podía realizar; había lanzadoras de varitas, es decir, un hada daba vueltas en una rueda sin inmutarse mientras otra hada con los ojos vendados le lanzaba puntiagudas varitas con increíble precisión; también una pareja de histriónicas hadas payaso se caían y tropezaban además de arrojar a las hadas sentadas en primera fila un cubo de pintura roja... que, para alivio de Luci, resultó ser solo confeti; y un hada que caminaba de puntillas y sin alas sobre una cuerda floja tan fina que ni se veía.

Cuando las cinco amigas salieron de la Gran Carpa no podían parar de hablar. A cada una le había gustado una actuación diferente y todas sin excepción rebosaban entusiasmo por el espectáculo del circo del que deseaban formar parte.

—¡Qué increíble puede ser! —dijo Valeria, mientras volaba con sus amigas a casa.

—Imagínate aprender todas esas habilidades —exclamó Rita.

—¡Con aquellos trajes brillantes cubiertos de lentejuelas! —suspiró Luci.

—Y sentir toda esa emoción noche tras noche —añadió Diana.

—¿Y si volvemos mañana? —dijo Marga—. Me encantaría conocer a las payasas. Me he reído tanto con ellas.

Las amigas hadas regresaron al circo la noche siguiente y la otra y la otra.

De hecho, acudieron todas las noches durante una semana. Y si no hubiese sido por las clases, también habrían ido a las sesiones de mañana. Cada noche descubrían algo nuevo y excitante. Y se acabaron haciendo amigas de la mayoría de los artistas del circo.

Después de una noche realmente espectacular, Valeria y sus amigas se pusieron a curiosear alrededor de la carpa privada de las

Maravillosas Gemelas Fusión Mágica. Estaban desesperadas por conocer a las estrellas del circo.

Luci, que era un hada impaciente como ninguna, le dio un empujón a Valeria para que entrara en la carpa. Las gemelas se giraron justo cuando Valeria caía dentro.

—Cuánto lo siento, no quisiera molestaros después de una actuación tan alucinante —dijo Valeria, sintiendo como le subía el rubor a la mejillas—. Pero queríamos deciros cuánto admiramos vuestro trabajo.

Una de las gemelas ayudó a Valeria a levantarse del suelo.

—Me llamo Molly y esta es mi hermana Miranda —dijo sonriente—. Nos alegramos mucho de que os haya gustado la actuación. Por favor, entrad.

Las hadas no dudaron un segundo. Se lo pasaron en grande probándose los trajes de las gemelas y escuchándolas hablar de la vida que llevaban, siempre de aquí para allá.

Se hicieron muy amigas, pero el circo solo se quedaba una semana. El día que se marchaban Valeria y sus amigas, después de las clases, volaron al parque más deprisa que nunca para ver partir a sus nuevas amigas. Pero al girar la esquina, casi se les para el corazón. El último camión se alejaba del parque, el circo dejaba Ciudad Florida para siempre.

Valeria, Luci, Rita, Marga y Diana se quedaron de pie y con cara de tristeza en medio del parque vacío.

—¡Se han ido nuestras nuevas amigas! —se lamentó Valeria con lágrimas en los ojos.

—¿Qué haremos sin ellas? —dijo Marga, observando como un globo perdido se elevaba en el aire.

—Nada será tan divertido ahora que ellas se han ido —dijo Luci.

Valeria quería ser un Hada de la Amistad cuando se graduara en la Escuela de los Nueve Deseos. Cuando hacía una amiga era para siempre y no podía pensar en nada peor que perder a sus mejores nuevas amigas.

—¡Quizá no tengamos que decirles adiós para siempre! —dijo Valeria, luego metió la mano en el bolsillo de su abrigo y sacó el folleto que le habían dado cuando el circo llegó a la ciudad.

—¿Qué quieres decir? —dijo Luci.

—Que... —empezó a decir Valeria al mismo tiempo que abría el folleto y se lo mostraba a sus amigas—, ¿por qué no nos unimos al circo?

—No seas ridícula —dijo Rita—. No podemos dejar atrás nuestro hogar y a nuestras amigas.

—¿Y qué pasa con nuestras nuevas amigas? —preguntó Valeria decidida—. Al menos, vamos a buscarlas para hablar con ellas del tema.

—¿A qué estamos esperando? —dijo Diana, que aleteaba con entusiasmo siempre que se trataba de aventura—. La caravana se dirige a Floriópolis. Si volamos campo a través, podremos alcanzarlas antes de que lleguen allí.

Así, sin pensárselo dos veces, las cinco amigas hadas se alzaron en el aire. ¡Eso era aventura! Allí empezaba su nueva vida: sin escuela, ni deberes, ni la aburrida Ciudad Florida. A partir de ahora, la vida de hada sería solo diversión: hacer el payaso por la mañana, atrevidos almuerzos y noches de espectáculo..., sin mencionar el algodón dulce y el carrusel de hadas.

—¡Mirad allí! —dijo Valeria, loca de alegría—. Ya los veo. Casi hemos llegado —y señaló una hilera de camiones parados a un lado de la carretera.

—¡Han pinchado! —dijo Luci—. ¡Rápido, vamos a echarles una mano!

La caravana del circo había parado para arreglar el neumático de uno de los camiones. Pero antes de llegar allí, a Valeria y sus amigas les distrajeron unos gritos de enfado. Las Maravillosas Gemelas Fusión Mágica parecían estar en medio de una seria pelea.

—¿Qué ocurre? —preguntó Valeria, aterrizando al lado con un zumbido—. Por favor, no sigáis peleando. Seguro que tiene una solución. ¿Puedo ayudar?

—¡Es que ya estoy harta! —dijo Miranda—. Molly piensa que el circo es diversión, pero para mí es un duro esfuerzo, día tras día.

—¡Yo NUNCA dije diversión! —dijo Molly con firmeza—. La vida del circo es muy dura. Siempre de un lado para otro. Cuando por fin hacemos nuevas amigas, nos tenemos que marchar y decirles adiós.

Molly y Miranda estaban pálidas y lánguidas sin sus maquillajes ni sus brillantes trajes. Valeria también notó que tenían moratones en las manos y en los tobillos a causa de las cuerdas que usaban en las acrobacias.

—A mí me gustaría acudir a la Escuela de los Nueve Deseos contigo y llevar una vida normal —confesó Miranda a Valeria.

Valeria, Luci, Rita, Marga y Diana no podían dar crédito a sus oídos.

—¡Pues vete! —dijo Molly

enfadada—. Actuaré sola. Me cambiaré el nombre y seré la Maravillosa Molly Fusión Mágica.

Por fin Miranda se calmó.

—Sabes que nunca dejaré el circo. Es mi vida. Forma parte de mí. Pero es muy duro a veces.

—A veces llevar una vida normal también lo es —dijo Valeria—. No siempre es tan divertido como tú imaginas. Pero en Ciudad Florida están nuestros amigos y nuestro hogar. Y el tuyo está en el circo.

—Tienes razón —asintió Miranda—. Siempre me cuesta mucho despedirme de mis nuevos amigos. Aunque sé que nuestros corazones pertenecen aquí, al circo. Y estamos deseando actuar esta noche en Floriópolis.

Valeria y sus amigas se despidieron de Miranda y de Molly con un fuerte abrazo, intercambiaron direcciones y prometieron volver a encontrarse.

—Nuestros corazones pertenecen a Ciudad Florida —dijo Valeria—, igual que los vuestros pertenecen al mundo del circo.

La diversión está dentro de ti,

va contigo allá
donde tú vayas.